세계의 시간

b판시선 002

하종오 시집

세계의 시간

도서출판 b

　세계 자본주의는 남북 주민들의 생활을 어떻게 변화시키고 있으며, 어떤 접점에서 남북 주민들을 만나게 하고 있을까?

　그 세계 자본주의에서 남북 주민들은 각국 주민들과는 달리 분단 자본주의를 살아내고 있지는 않을까?

　그 분단 자본주의가 어떤 모양으로 남북 주민들의 생활 속에 들어와 있을까?

　그 남북 주민들을 각국 주민들은 어떻게 보고 있을까?

　분단은 남북 주민들뿐만 아니라, 각국 주민들 틈에서 다 함께 세계 자본주의와 분단 자본주의를 살아내는 방식과 관련되어 버린 것 같다.

　각계의 권력자들을 배제한 남북 주민들이 역시 각국의 권력자들을 배제한 각국 주민들과 서로 교류하고 소통하고 함께 노동하지 않고서는 공존할 수 없을 것 같고, 그렇게 함으로써 남북 주민들이 직접 탈분단을 성취할 수 있을 것 같다.

　그것의 가능성을 이 시집에서 상상했다. 그리고, 시집 『국경 없는 공장』, 『아시아계 한국인들』, 『입국자들』, 『제국(諸國 또는 帝國)』, 『남북상징어사전』, 『신북한학』, 『남북주민보고서』의 주제의식이 이 시집에서 융합하고 진화하기를 바랐다.

요즘에 와서 나는 시를 쓴 뒤에 그 시의 바깥과 그 시의 너머로 가서 살아야 하고, 그곳에 끝없는 서사와 서정, 수많은 사실과 허구가 있으니 그것을 또 시로 쓰려면 꽉 차고 텅 빈 마음을 지탱해야 한다는 걸 알게 되었다.

2013년 2월
하종오

| 차 례 |

제2부

제1부

세계의 시간

베트남에서 온 조리사 쑤언 씨는
한국 공장에 취업해 간
오빠가 보고 싶다 말하고
필리핀에서 온 미장공 알로로드 씨는
한국 가정에 가정부로 간
누이가 보고 싶다 말한다

쿠웨이트 공사장 주변에서 지내면서
영어 몇 마디로 뜻이 다 통하는 그들은
한국에서 온 중장비기사 노인철 씨와
식탁에 둘러앉아 식사하다가 묻는다
같은 나라말을 쓰는데도 함께 말하지 않고
이목구비가 닮았는데도 마주치지 않으려하는
저 사람은 같은 나라 사람이 아니냐고

북한에서 온 막일꾼 리성주 씨는
식탁에 둘러앉아 식사하다가도

자신이 지나가면 힐끔거리는 저들 중
한 명이 한국인인 줄은 알아차리지만
인사를 나눌 수 없어 고개 돌리고,
그가 북한인인 줄 아는 노인철 씨는
베트남인 쑤언 씨와 필리핀인 알로로드 씨에게
오빠와 누이가 가 있는 한국이
이렇게 각국 사람들이 외국에 모여 일하는 시절에도
아직 북한과 등 돌리고 있다고 설명하면
무서운 나라로 보일까봐 입 다문다

출신 국가와 근무지와 직종을 생각하지 않고
어디서든 맛있게 음식을 먹는
모든 각자의 한 시간, 점심시간엔
상대방이 대답하지 않는 질문을 또 하진 않는다

계산대

쿠웨이트에 이주한
젊은 필리핀 여성 싼샤이 씨는
중년의 한국인 최주철 씨가
운영하는 슈퍼마켓에서
점원으로 일했다

슈퍼마켓 계산대에
싼샤이 씨가 앉아 계산하는 날이면
필리핀 노동자들이 와서 식료품 사고는
능숙한 타갈로그어로 소식 주고받다가 갔고
최주철 씨가 앉아 계산하는 날이면
북한 노동자들이 와서 식료품 사고는
인사말 하는 둥 마는 둥 갔는데
최주철 씨한테 배워서
한국말 서툴게나마 할 줄 아는
싼샤이 씨가 듣기에도 참 어색했다

쿠웨이트에 온 목적은 같아도
해가 갈수록 형편이
싼샤이 씨와 필리핀 노동자들은 엇비슷했고
최주철 씨와 북한 노동자들은 크게 차이 났다

한국말

네팔인 그왈라 씨는
한국에서 공장 선선하며 일하다가
카타르로 건설 현장에 일하러 왔다

막노동하는 한국인들이 보여서
그왈라 씨가 반갑게 한국말로 인사했더니
북조선에서 온 노동자들이라고 했다
한국말 통하는 나라가 또 있다는 걸 알게 된
그왈라 씨가 들떠서 수다를 떨었다

한국에서 번 돈을 모아 네팔에 돌아가
너른 땅과 큰 집과 많은 가축을 사서
부모님에게 드렸고
이번에 귀국해서 자신의 땅과 집과 가축을 사면
평생 일자리 걱정하지 않을 수 있다고 자랑하다가
북조선 노동자들에게 물었다
카타르에서 번 돈을 모아 북조선에 돌아가면

얼마나 너른 땅과 큰 집과 많은 가축을 살 수 있는지

북조선 노동자들이 처음에는
네팔인 그왈라 씨가
한국말 잘하기에 신기해서 듣다가
질문을 받고 나선 어리둥절한 표정 짓다가
자기들끼리 엉뚱한 이야기를 하기 시작했다

대화

인도 노동자 쑤닐 씨가
쿠웨이트에서 잡일을 하면서
덕 봤다고 여긴 것이 있으니
북조선 노동자들을 만나
북조선 말을 익힌 점이었다

잡일만 하다가 인도로 돌아가면
역시 잡일밖에 할 일이 없으니
돈을 좀 모아 가져간다고 해도
인생이 더 나아지지 않을 건 뻔하고,
한국으로 가서
공장에서 기술을 배우고 싶은데
말을 알아듣지 못하면
빨리 습득할 수 없어서
몹시 두려워하고 있던 차였다

쿠웨이트에서 함께 잡일을 한

북조선 노동자들은 북조선 말을 할 줄 알면
한국인들과도 대화할 수 있다고 하면서도
인도 노동자 쑤닐 씨가
기술도 배우고 돈도 벌 수 있는
한국에 왜 가지 않느냐고 물었을 땐
다들 입을 다물고 먼 데를 바라보았다

부티 빈티

한국 가서 가구공장 다니다가
불법체류자로 쫓겨났던
파키스탄인 샤자드 씨가
쿠웨이트 와서 건설현장에서 일했다

한국의 가구공장에서 익혔던
기술이 쓸모없는
쿠웨이트의 건설현장에서
막노동하는 샤자드 씨는
한국말 하고 들을 줄 알았다

북조선에서 왔다는 노동자와
이야기 나누면서
샤자드 씨는 비로소
같은 말 쓰면서도
같이 말하지 못하고
서로의 나라에 내왕하지 못하는

한국사람과 북조선사람이 있다는 걸 알았다

파키스탄인 샤자드 씨가 쿠웨이트 와서
건설현장 여기저기 다니며 겪은바
자신보다 좀 더
한국사람은 부티 났다는 것
북조선사람은 빈티 났다는 것
그것보다 다른 점은 별반 없었다

두 사람

쿠웨이트 건설현장을 지키는 경비원인
파키스탄인 마우두디 씨는
언어가 달라서 두 사람에게
말 걸지 못하는 걸 아쉬워했다

두 사람이 덤덤하게 앞서거니 뒤서거니
경비실 앞을 지나 퇴근할 때
마우두디 씨와 눈이 마주치면 싱긋했어도
같은 언어를 쓰면서도
서로 대화하지 않는 두 사람을
마우두디 씨는 안타까워했다

한 국가가 남한과 북한으로 나누어진 지
너무나 오래 되었고
그 후에 태어나서 자란 두 사람,
남한 기술자 김기태 씨와
북한 막일꾼 최해진 씨가

생활방식도 고민거리도 다를 수밖에 없다는 걸
마우두디 씨는 이해하고 있었다
파키스탄에 살던 먼 척들도 이웃들도
직업과 직장만 달라도 그러했으므로

퇴근 후에 숙소에 돌아간
김기태 씨는 전공 서적을 펴놓고
밤늦도록 공부를 하였고
최해진 씨는 요기를 하고 나서
아침까지 잠에 곯아떨어졌다
그런 동안 마우두디 씨는 손전등을 켜들고
시간마다 건설현장을 순찰하였다

후회

듀쉬얀단 씨는 김철동 씨와
겨우 영어 낱말 몇 개로 소통하면서
날마다 폐자재를 맞들어 옮겼다

막노동하는 노동자로
중동 카타르 건설 현장에서 만나
낮에는 함께 일하다가
저녁이면 각자의 숙소로 돌아가 저녁식사를 한 뒤
듀쉬얀단 씨는 맥주를 마시며 빈둥거리기도 했으나
김철동 씨는 동료들과 한 방에서 쓰러져 자기 일쑤였다

그 실정을 알아차린 어느 날
휴식 시간에 나란히 앉아 있던
인도 불가촉천민 출신 노동자 듀쉬얀단 씨가
북조선 인민 출신 노동자 김철동 씨를 위로한답시고
북조선은 공산주의 국가이니 차별이 없겠다고
귓속말로 떠듬떠듬 말한 그 즉시 후회하곤

먼저 일어나 일을 시작했다

인도도 북조선도 법적으로만

평등하다는 걸 알고 있었으므로

인사 편지

한국에서 두바이로 진출한
건설회사에서 막일하는
노동자들은 인도 파키스탄 방글라데시인들
한국말을 알아듣지 못해
공사장에서 실수가 잦았다

사장 김학순 씨가
곰곰 타개책을 궁리해 보니
한국말을 알아듣는
북한 노동자들을 데려올 수 있다면
가장 상책이었다
일솜씨도 좋고 인건비도 싸니

김학순 씨가 이런 생각하는 줄 모르는
인도 노동자들 중에선 라훌 씨가
파키스탄 노동자들 중에선 재파르 씨가
방글라데시 노동자들 중에선 압둘라 씨가

고국에서 일자리 찾으러 거리를 헤매고 다닐
친구들에게 함께 일할 수 있게 되기를 바란다며
각자 인사 편지 말미에 이런 말도 썼다
라홀 씨는, 이웃나라 노동자들이 많이 와 있다고
재파르 씨는, 한국의 건설회사로부터 기술을 잘 배우고
있다고
압둘라 씨는, 두바이가 아름다운 도시가 되어 가고 있다고

말씨

인도로 돌아온 라젠드르 씨는
한국인이 세운 어패럴공장에 취식했다
카타르 공사장에서 일한
수년간의 경력을 인정받지 못하고
수습공부터 시작하지 않을 수 없었다

힌디어를 떠듬떠듬 말하는
한국인 관리자와 친해졌을 때
라젠드르 씨가 카타르 공사장에서
북조선 노동자들과 같이 지내며 배운 말씨로
슬쩍 인사말을 건넸더니
기겁하고 손사래를 쳤다
한국인 관리자는 북조선 말씨로는
한마디도 하지 말라고
힌디어로 고래고래 소리쳤다

이내 라젠드르 씨는 북조선 노동자들을 잊었다

한국인이 세운 어패럴공장에서 근무하는 데
그들을 기억하는 건 아무런 도움이 되지 않았다
라젠드르 씨는 수습공을 끝내도 봉급이 적자
아예 북조선 말씨가 통할 것 같은
한국으로 나가려고 취업 비자를 신청하였다

주인공

쟈리프 씨가 방글라데시로 귀국했을 때
동네 친구들은 한국으로 가버렸다

쿠웨이트에서 막노동했던 쟈리프 씨는
북조선 노동자들과 친해져
북조선말을 배웠으나
평양에선 일을 마친 뒤
술집에 삼삼오오 모여서
술이라도 한 잔 하는지
전혀 말해주지 않아서 모른다
사람들이 만나 낯이 익으면
고향에서 지낸 시절을 이야기하면서
저마다 주인공이 되어야 공감할 수 있는데
북조선 노동자들은 지난날을 추억하지 않았다

동네 친구들은 한국에 가서
한국인 노동자들과 친해져

한국말을 배우고
서울에서 일을 마친 뒤
술집에 옹기종기 둘러앉아
재밌는 줄거리를 풀어내면서
모두 주인공이 되어 활약할는지
쟈리프 씨는 궁금하였다

하지만 그런 호기심이 직장보다
우선할 수 없다고 생각한 쟈리프 씨는
쿠웨이트에서 모아 온 돈을 꿍쳐두고
방글라데시에서 한국인이 운영하는 공장에
취업하려고 지원서를 냈다

신기루

수밋 다스 씨는 홍수 나면 잠기는
방글라데시 강가 마을에서,
황하기 씨는 홍수 나면 무너지는
북조선 민둥산 아래 마을에서
쿠웨이트 소도시 동네로 돈 벌러 왔다

수밋 다스 씨는 강을 거느릴 수 있는 집을
강가에 지어 살지 못했으면서,
황하기 씨는 산을 거느릴 수 있는 집을
산 아래에 지어 살지 못했으면서
타국 주민들의 집을 지으러 온 자신들이
모래알을 날리는 바람 같고
모래언덕에서 사그라지는 햇빛 같고
낮에 뜨겁다가 밤에 식는 사막 같다는 데
생각을 달리하지 않았다

각자의 모국에서 너무 가난했던 두 사람은

쿠웨이트 소도시 동네에서
일하고 돈 모으며 다 짓고 떠나더라도
자신들이 죽은 후에까지도
집들이 땅 위에 서 있기를 빌었다

수밋 다스 씨는 방글라데시로 돌아간다고 해서
강을 거느릴 수 있는 집을,
황하기 씨는 북조선에 돌아간다고 해서
산을 거느릴 수 있는 집을
평생 지을 처지가 못 된다는 걸 알고 있었다

수수료

인력송출회사 사장 압둘 라티프 씨는
방글라데시 노동자들을 한국으로 보내기보다
북조선 노동자들을 중동으로 중개하여
많은 수수료를 챙겼다

원래 같은 나라였다가 나누어졌다는
한국과 북조선에서 노동자들이
스스로 오가지 못하는 세월이 길어질수록
압둘 라티프 씨는 오래도록 재미 볼 수 있으므로
한국과 북조선 사이에 무슨 사달이 있었든
굳이 그 이유를 헤아리지 않았다
방글라데시 노동자들에게서도 수수료를 챙기며
겉웃음 웃고 지냈던 압둘 라티프 씨였다

가난한 방글라데시 노동자들은 한국으로 가는데
방글라데시보다 더 가난한 북조선 노동자들이
중동으로 가는 바람에

많은 수수료를 챙기는
인력송출회사 사장 압둘 라티프 씨는
그저 즐거울 따름이었다

배신자

방콕 주민 뚜야왓 씨는
관광객들이 떠들며 지나가면
한국인들이라고 여기지만
한국으로 가려고
조용히 방콕으로 숨어든
사람들도 있단 걸 안다

친지들이 굶어 죽는데도
나눌 음식이 없어서
조국에서 도망쳤다면
스스로 굶어 죽을 수 없어서
친지들을 놔두고
조국에서 도망쳤다면
배신자일 수 없다고
방콕 주민 뚜야왓 씨는 확신한다
자신도 베트남에서 도망친 집안의 자식
전장에서 파병 한국군에 협조했다 해서

배신자로 찍혔으나
죽지 않으려고 방콕으로 몰래 도망쳐서
이름마저 바꾼 뚜야왓 씨는
생각이 달라서든 배가 고파서든
하나뿐인 목숨 부지하기 위해서라면
조국에서 도망칠 수 있다면서
탈북자들을 이해한다

한국어를 모르는 뚜야왓 씨는
시끌벅적한 관광객들에게는 관심 없고
외따로 말없는 사람들이 있으면 살펴본다

환영

다 늙고 병든 노인 위랏찬트 씨는
북조선 주민들과 한국 주민들이
태국으로 오는 걸 반긴다

북조선과 한국이 전쟁할 적에
참전했던 태국 병사 위랏찬트 씨,
그때 피난길 줄지어 가던
그들을 많이 봤는데
나라가 둘로 나누어져
한쪽은 못살고 한쪽은 잘산다니
참 독한 사람들로 여겨지지만
그렇게 서로 다르게 살게 되리라곤
짐작조차 하지 못했던 위랏찬트 씨,
자신은 전장에서 부상당하여
평생 괴로움을 받았기에
그들이 태국에 찾아와서
잠시 머물다가 떠나가는데도

이상하게도 위로가 된다

북조선 주민들은 탈출 이동 경로로 알고
한국 주민들은 관광지로 아는 태국에서
다 늙고 병든 노인 위랏찬트 씨는
숨어 다니는 북조선 탈북자들과
활개치고 다니는 한국 관광객들이
더 많아져도 괜찮다고 생각한다

외식

서울에서 식품공장 다니며 돈 벌어 와
프놈펜에서 식당 연 완나흐 씨는
주말이면 가족과 함께 외식한다

캄보디아 음식이 재료나 향이나 간에서
한국 음식이나 북조선 음식과는 다르지만
최고의 별미로 조리하기 위해서
한국 식당에 가서 된장찌개를 먹어보고
북조선 식당에 가서 냉면을 먹어보는 완나흐 씨,
서로 상대방 나라에 가진 못하더라도
한국 식당 종업원은 북조선 식당 찾아가서
북조선 식당 복무원은 한국 식당 찾아가서
젓가락질도 하고 숟가락질도 하며
손님에게 더 맛있게 만들어 차려주는
궁리를 하지 않는 걸 이상하게 여긴다

매주 외식하면서 번갈아 맛보는 완나흐 씨는

서울에서 마음대로 사 먹을 수 없었던 음식을
프놈펜에서 마음껏 사 먹을 수 있게 된 능력을
가족에게 보여줄 수 있어 즐겁다

채용

쿠알라룸푸르 변두리 동네에서
봉제공장을 하는 나자루딘 카마루딘 씨는
북한 노동자를 많이 채용하려고 한다

한 사람이라도 더
쿠알라룸푸르에 와서 시가지를 보고
봉제공장에 와서 주민들을 보고
집으로 돌아가 주변에 이야기한다면
북한이 변할 수 있다고 믿기도 하지만
나자루딘 카마루딘 씨 속내는
북한노동자를 많이 채용하면
임금을 더 많이 절약할 수 있어서
이익을 더 많이 남길 수 있기 때문이다

이렇게 신념과 잇속을 동시에
실현하려는 나자루딘 카마루딘 씨와는 달리
북한 노동자는 단순하게

하루라도 굶지 않을 수 있고
한자리에서 일할 수 있고
한 푼이라도 벌 수 있어서
쿠알라룸푸르에 오려는 것일 것이다

각자의 속사정을 다 살펴 헤아리며
봉제공장을 할 수 없는 나자루딘 카마루딘 씨는
어떻든 북한 노동자를 많이 채용하려고 한다

기념탑

해질녘 산책 가는 세네갈 주민들 중에서
늙은 하비부 디우프 씨는 기념탑을 공사하는
북조선 노동자들을 쳐다보고 서 있었다
기념품을 만들어 관광객들에게 팔면서
겨우 먹고 사는 늙은 하비부 디우프 씨는
북조선 노동자들에 관해 잘 알지 못했다

세네갈 정부가 북조선 정부와 특별한 이해관계가 있는지
북조선 노동자들이 임금이 낮고 기술력이 좋기 때문인지
헤아릴 길 없는 늙은 하비부 디우프 씨는
자신도 솜씨 뛰어나고 품값 싼데
자신보다 센스 있는 세네갈 주민들이
기념탑을 보면 즐겁진 않을 거라고 속짐작했다

늙은 하비부 디우프 씨가 가본 적 없는
북조선에서는 아침저녁 가족들이 식사하면서
가장들이 해외에서 돈 벌어 무사히 돌아오기를 빌 것이다

젊은 날 부모 형제의 끼니를 장만하기 위해

이웃 나라에 가서 돈벌이한 적 있는 늙은 하비부 디우프 씨는

그때 이웃 나라 주민들이 자신에게서 느꼈을 감정을 상상하다가

기념탑의 상부를 더 높이는 북조선 노동자들을 향해 싱긋 웃고 난 뒤,

잠자코 산책 가는 세네갈 주민들 사이로 내처 걸어갔다

먼 동족

러시아 블라디보스토크에 돈 벌러 온
중국 조선족 리성찬 씨는
시장에서 옷 장사를 했고
북조선 주민 고광필 씨는
공사장에서 막노동을 했다

리성찬 씨가 시장에서
싼 옷가지를 팔 때
고광필 씨는 숙소로 돌아가다가
잠깐 들러 구경만 했다

개고생을 하더라도
한 푼이라도 더 모아 집으로 돌아가고 싶어
고광필 씨가 옷 한 벌 사 입지 않는다는 걸 아는
리성찬 씨는 그런 그를
동족으로 여기면서도
아는 척하지 않았다

리성찬 씨와 고광필 씨가
러시아 블라디보스토크를 떠나서
각각 중국과 북조선으로 무사히
귀국할 수 있을지는 모를 일이었다

주인과 손님

하바롭스크 지방 어느 동네에서
슈퍼마켓 운영하는
늙은 고려인 후손 박 블라지미르 씨는
벌목장에서 일하는
젊은 북조선 노동자 김일민 씨에게
물건값 계산만 할 뿐
말 걸지 않았다

아침부터 나무가 보이지 않는 저녁까지
산판일 하는 김일민 씨는
어쩌다가 술 한 병 사러 가는 슈퍼마켓에서
계산대에 앉아 있는 박 블라지미르 씨에게
말 걸지 않았다

하바롭스크 지방 어느 동네에서
박 블라지미르 씨와 김일민 씨는
고려인 후손과 북조선 노동자로 만나지 않고

주인과 손님으로 만나고도
농담도 통성명도 하지 않았다
같이 얽힌 관계거리도 문젯거리도 없었으므로
데면데면하게 지내다가
김일민 씨는 기한이 차 북조선으로 돌아갔고
박 블라지미르 씨는 병이 들어 도시로 떠나갔다

오해

한국 오가며 보따리장사 하다가
돈 모아 시베리아에 정착한
예레나 레오노바 씨는
그를 한국인인 줄로 알고 반가워했다

북조선에는 보따리장사 하러
한 번도 다녀온 적 없어도
한국말 웬만큼 알아듣기에
북조선말도 알아듣는 예레나 레오노바 씨는
그가 솜씨 좋게 집수리를 해냈는데도
말투를 듣고 북조선인으로 알아차리고
기술자로 쳐주지 않았다

같은 말을 하는 나라이면서도
한국에는 자유롭게 여행할 수 있고
북조선에는 아예 갈 수조차 없으니
그가 러시아로 돈 벌러 왔다면

한국으로 돈 벌러 다닐 때의 자신보다

훨씬 더 가난하다는 걸 안

예레나 레오노바 씨는

체면도 차리지 않고 품삯을 깎아버렸다

잡소문

시베리아 지방에선
잡소문이 떠돌았다

변두리 동네에서는
지붕 위로 종종걸음을 걷던
텃새들이 보이지 않는다는 것이었고
허허벌판에서는
바람 타고 공중을 선회하던
철새들이 보이지 않는다는 것이었다

시베리아 주민들이
새소리가 들리지 않자
모이가 모자라 사라진 줄 짐작하고
변두리 동네에다 벌레 먹은 곡식 알갱이를 뿌려놓고
허허벌판에다 먹다 남긴 고기 나부랭이를 던져놓았으나
눈 깜짝할 사이에 싹 없어졌다는 것이다

시베리아 지방 벌목장에

허기진 북한 벌목꾼들이 많아지면서부터

떠도는 잡소문이었다

허공

한국 어패럴공장에서 옷 만들었던
중국인 왕윈하오 씨와
한국 가방공장에서 가방 만들었던
우즈베키스탄인 안바르 유라예프 씨는
블라디보스토크 벌목장에 와서
처음으로 만나 친구가 되었다

휴식 시간에 북조선에서 온
벌목꾼 황기철 씨와 인사하던 중에
중국인 왕윈하오 씨와
우즈베키스탄인 안바르 유라예프 씨는
서로 한국에 갔다 온 걸 그제야 알고는
한국 노동자들은 대다수 일벌레들이지만
혼자 무뚝뚝하게 일만 하던 사람도 있었고
조곤조곤 기술을 가르쳐주던 사람도 있었다고 하다가
가을에는 허공이 유난히 깊어서 일하기 싫었다며
블라디보스토크의 우중충한 먼 하늘을 쳐다보았다

이 이야기를 곁에서 듣고 있던
북조선인 황기철 씨가 빙그레 웃으며
북조선 노동자들도 북조선 가을도
별반 다르지 않다고 말해도
중국인 왕원하오 씨와
우즈베키스탄인 안바르 유라예프 씨는
귀를 기울이지 않았다

출퇴근길

프라하 변두리 동네 늙은 주부들은
부엌에서 저녁식사를 준비하다가
공장에서 일 마치고 돌아오는
북한 젊은 여성 노동자들이 창밖에 보이면
고개를 갸웃거리곤 했다
프라하 변두리 동네 늙은 주부들은
젊은 시절 각종 공장에 다녔을 적에는
고삐 잡힌 말이나 소처럼 무표정하게 움직이는
북한 젊은 여성 노동자들과는 달랐다고 생각했다
집단으로 거주하고 집단으로 외출하고
집단으로 감시당하는 북한 젊은 여성 노동자들,
이따금 해가 저물기 전에
혼자 마켓에 가서 쌀을 사 들고 오다가
잠시 잠깐 노을을 향해 고개 돌리는
한 북한 젊은 여성 노동자를 볼 때면
아직도 공산주의 국가라는
그들의 조국이 어떤 나라인지 궁금해하는

프라하 변두리 동네 늙은 주부들은

체코가 공산주의 국가였던

그 나이 때에 시름겹기는 했어도

출퇴근길엔 까르르거리며 재잘거렸다고 기억하고 있었다

여행자

외국 여행하기를 좋아하는
초로의 독일계 미국인 프란츠 뒤러 씨는
북한에 가보지 못했다
북한은 자본을 투자하려는
외국인 사업가에게는 때로 입국을 허락하면서
산천과 마을을 구경하려는
외국인 여행자에게는 불허했다

이런 북한에 대해 궁금증이 생긴
독일계 미국인 프란츠 뒤러 씨는
탈북자들이 북한의 실태를 증언하는 자리에
청중으로 참가하였다가 의문을 품었다
남한 주요 인사들은 왜
북한 주요 인사들하고만 말하려고 할까?
남한 주민들은 왜
북한 이탈 주민들의 말을 들으려고 하지 않을까?

여러 나라의 산천과 마을을 여행했던
독일계 미국인 프란츠 뒤러 씨가 본 바로는
스스로 마음에 드는 산천과 마을에서
의식주를 해결하는 가족이 가장 행복해 보였다
동독에서 통일 독일을 거쳐 미국으로
부모님을 모시고 이민 온 자신도 그랬었다
북한 주민들도 산천과 마을을
스스로 선택할 수 있어야 한다고 믿는
독일계 미국인 프란츠 뒤러 씨는
반드시 북한을 여행하고 싶어 했다

또 하나의 기적

윌리엄 톰프슨 씨는 병사로
처음 한국에 갔었고
고국태 씨는 난민으로
처음 영국에 왔다

휴전된 지 한참 후
북한에서 태어난 고국태 씨는
그동안 겪은 굶주림과 불안과 고문에 관하여
비록 영국인이 못 알아듣는 북한말이지만
또랑또랑한 목소리로 말했다

누구의 생애도 불행하게 하지 않았다고
평생 자부해온 윌리엄 톰프슨 씨는
분노에 찬 고국태 씨의 증언을
통역자를 통해 들으면서
비로소 북한사람들의 생애와
자신이 무관하지 않다는

생각을 자꾸 하게 되었다

노인 윌리엄 톰프슨 씨는
청년 때 한국전쟁에 참전했다가
살아서 돌아온 걸 기적으로 여기다가
북한을 탈출하여 영국으로 망명한
중년 남자 고국태 씨를 보고는
또 하나의 기적으로 여겼다

끝없는 외국행

농사짓는 조선족 최명환 씨는
아들이 남한으로 취직하러 떠난 뒤
탈북자가 찾아오면 세 끼 먹이고
잠자리 내주고 농사일을 시켰는데
북한으로 돌아가는지 남한으로 떠나는지
손발 맞추어 일할 만하면 사라졌다

그저 아들이 목돈 모아
집에 돌아와 농업을 때려치우고
도시로 나가 장사하기를 바라는
최명환 씨는 오늘도 새로 찾아온
탈북자를 숨겨주며 숨 몰아쉬었다

북한보다는 중국조선족자치주를
중국조선족자치주보다는 남한을
더 찾아가고 싶어 하는 탈북자를 보면서
같은 글자를 쓰고 같은 말을 하는데도

왜 인생이 너무 달라져버렸는지
최명환 씨가 이리저리 생각해보지만
해답을 댈 수 없는 문제로 남는다

요즘은 추수가 끝난 농한기,
탈북자에게 시킬 일거리가 없어
함께 양식을 까먹으며 견디는 동안
아들이 남한에서 굶진 않는지
최명환 씨는 이따금 궁금해했다

동족

중국 봉제공장 여사장 웬지아 씨는
돈 벌 욕심뿐이었다

처음엔 한족 노동자들을 쓰다가
그 다음엔 임금이 싼 조선족 노동자들을 쓰다가
근래엔 임금이 더 싼 북조선 노동자들을 썼다

솜씨가 좋기는 매한가지여서
조선족 노동자들보다
북조선 노동자들을 부려서
중국 봉제공장 여사장 웬지아 씨는
더 많은 이익을 남겼을 뿐더러
누가 만들었든 개의치 않는
한국 보따리상들에게
북조선 노동자들이 만든 제품을 팔아
또 이익을 남겼다

나날이 돈이 잘 벌리자
중국 봉제공장 여사장 웬지아 씨는
다시 한족 노동자들을 채용해서
북조선 노동자들을 관리하게 했다

한눈팔기

류즈펑 씨는 옌볜 공안,
탈북자들을 색출하라는
상부의 지시대로
종일 불심검문하다가도
동생이 생각나는 시간엔
일부러 한눈팔기도 한다

중국에서 가난하게 살던 동생이
공장에 취직하러 간 한국을
잘사는 나라로 여기는 류즈펑 씨는
중국으로 온 탈북자들이
한국으로 당연히 가려하겠다 싶으니
자신도 가서 동생을 보고 싶기도 하다

류즈펑 씨는 옌볜 공안,
어렵게 차지한 밥벌이 자리를
탈북자들 때문에 내놓을 수 없다

상부의 지시대로

탈북자들을 체포하면

북조선으로 보내지 않을 수 없다

슬픈 느낌

팔순 넘은 촌로 쑨부어씬 씨는
처녀를 흐린 눈으로 바라보았다

처녀와 비슷한 나이 적에
쑨부어씬 씨는 중국군 병사로
한국전쟁에 갔다가 겨우 목숨 건졌는데
그때 싸운 보람이 무엇인지
반백 년 사이에 북조선은 어쩌다가
주민들이 도망치는 나라가 되었는지
뗏거리를 거둬 먹고 먹이는 농사꾼으로 다 산 지금,
도무지 이해할 수 없었다

전장에서 스쳐 가다가
물 한 모금 나누어 마셨을 법한
북조선군 병사의 손녀가
자신을 찾아온 것 같아서
슬픈 쑨부어씬 씨는

죽을 나이가 된 그 북조선군 병사가
아들 며느리 굶어 죽자
자신에게 보살펴달라고 보냈을 것 같은
슬픈 느낌이 들기도 했다

팔순이 넘은 촌로 쑨부어씬 씨는
처녀가 낯설지 않았다

양털 스웨터

몽골 남편들은 초원에서
양을 기르고 털을 깎아서
싼값에 팔고
몽골 아내들은
돈을 조금 더 모으기 위해
한국에 가서 의류공장에 취업했다

몽골 의류공장 빈자리에는
몽골 부부들의 속사정을 알 리 없는
북조선 여자들이 와서
북조선보다도 지내기가 나았으므로
약간의 봉급을 받으면서도
열심히 양털 스웨터를 짰다

그 양털 스웨터는
유명한 브랜드가 붙여져서
겨울이 오는 각국으로 나갔고

각국 주민들은 물론

그곳에 여행 온 한국인들이

값이 비싸도 기꺼이 사 입었다

도망 또는 한국행

젊은 엘벡바야르 씨는
북조선 주민들이 몽골로 도망쳐 온다는
소문이 들릴 적마다 한국을 떠올린다

돈 벌러 갔었던 한국에선
나라가 둘로 나누어져 있는 것이
어떤 상태인지 실감하지 못했던
젊은 엘벡바야르 씨,
정작 몽골에 돌아와서야
부국과 빈국이 휴전 중이라는 사실과
북조선 주민들이 몽골 주민들보다
못산다는 사실을 알았다

몽골에서는 한국에 갈 수 있어도
북조선에서는 절대로 가지 못해
몽골로 도망쳐 온다는 북조선 주민들을 만나면
젊은 엘벡바야르 씨는

한국을 경험한 사람으로서
꼭 말해주고 싶은 충고가 딱 하나 있었다

한국에서 살아남으려면
한국 주민들보다 더 열심히 일해야 한다는 것

제2부

한국에서의 학살, 파블로 피카소 씨

화가 파블로 피카소 씨는
한국전쟁 중에
무고하게 총살당하는
주민들을 상상하여 그렸던
그림의 현장을 답사하러 왔으나
북한에 가볼 수 없다

화가 파블로 피카소 씨는
남한에 머무는 동안
북한에서 도망쳐 온 탈북자들한테서
정치범 수용소에서 처형당한
주민들에 관한 이야기를 듣고는
사실로 믿기지 않아
도무지 상상하여 그릴 수 없다

한국전쟁 전후에
여러 가지 그림을 그렸던

화가 파블로 피카소 씨는
남한과 북한 사이
아직도 보이는 휴전의 뒷모습을
그림으로 형상화해 보려는 고민을
한번도 하지 않은 잘못을 뉘우치며
휴전선 이남에서 휴전선 이북을 향해
오랫동안 서 있다

예를 들어서, 파블로 네루다 씨

경기도 시골에서 식량이 모자라
만 명쯤 굶어 죽어가고 있다고 치자
한국에 여행 온 시인 파블로 네루다 씨가
이 광경을 본 뒤 세계를 돌아다니며
한국 주민들이 굶어 죽어가고 있다고 외친다면
누가 거짓말한다고 면박할까

황해도 시골에서 식량이 모자라
만 명쯤 굶어 죽어가고 있다는 소식을 알고
북조선에도 여행하지 못한 시인인 내가
그걸 묻어두지 못한 채 돌아다니며
북조선 주민들이 굶어 죽어가고 있다고 중얼거린다면
누가 정말이냐고 물을까

세계적으로 유명한 파블로 네루다 씨는
한국에 마음대로 오갈 수 있고
한국에나 겨우 알려진 나는

북조선에 마음대로 오갈 수 없어도
아직도 써야 할 문장이 많기에
파블로 네루다 씨나 나나
일단 누군가의 말소리를 들으면
정말인지 거짓말인지
신음인지 탄성인지
메타포인지 리얼리티인지
알 만큼 안다

시절들

내가 중학교 다닐 때
영어선생이 사직하고 미국으로 떠났다
학생 육십여 명이 한 반에 앉아
멸공 통일을 배우던 시절이었다

내가 직장 다닐 때
엘에이에 출장 갔다가
코리아타운에서 우연히 영어선생과 만났다
북한에서 굶주린 주민들이 산으로 들로
산나물을 캐 먹으러 다닌다던 시절이었다

중년이 된 나는 초로가 된 영어선생과
과장된 제스처로 악수하고 인사하고
한식당에 들어가 밥 먹으면서
수십 년 전과 지금 무엇이 달라졌는지 생각했다
아메리칸 드림을 꿈꾸었을 영어선생은
학생들 놔두고 도미渡美해서 이루기는 했을까

한국에서 살던 학생들과 미국에서 살던 영어선생이
서로 감감무소식으로 지내는 동안에
시절마다 한국과 북한과 미국의 관계는 변해왔다

처자식 거느리는 중년의 나나
홀로 산다는 초로의 영어선생이나
그 많은 시절을 지나왔어도
북한에 관해서는
한마디도 나누지 않고 헤어졌다

문답

외국에 관광 갔을 때 만난 외국인이
이디서 왔느냐고 물어서
내가 코리아에서 왔다고 대답했더니
또 물었다
어느 코리아냐?
코리아는 하나밖에 없다고 생각하던
나는 당혹스러워서 가만있었다
외국인은 다시 물었다
노스코리아냐? 사우스코리아냐?
갑자기 나는 지구에
코리아가 두 개 있다는 사실을 되새겼으나
그 두 국가의 차이점을
외국인은 몰랐을까 알았을까
노스코리아에서 주민은 외국에 관광 올 수 없다는 걸 몰랐거
나
노스코리아에서 대단한 인물이라 외국에 관광 온 걸로 알았
거나

뭐, 그랬을까 안 그랬을까

외국인은 사우스코리아에 대해서도 무관심하면서도

세계지도에서 휴전선이 그어진 코리아를

그저 무심결에 보고 한 질문일 수 있었다

나는 외국인과 헤어지고 나서

사우스코리아에서 태어난 후로 지금까지

노스코리아에는 전혀 가보지 못했다는

진부한 이야기를 하지 않길 잘했다고 생각했다

외국인이 관광객인 나를

노스코리아 출신으로 여기든

사우스코리아 출신으로 여기든

내 인생이 달라지지 않을 터이므로

불

초로의 남자 김낙일 씨가 오래된 적막을 보려고
벼르고 별러 간 티베트에서
몸에 석유를 붓고 불 지르는 여승을 보았다

그 시각 서울에서는 그를 그리워하는 아내가
아파트 거실을 은은하게 밝히려고
중국산 양초에 불붙이고 있었다

그 시각 뉴욕에서는 유학 간 딸이 그를 잊어버리고
차이나타운으로 야식을 먹으러 가기 위해
아파트 주차장에서 승용차 탄 채 담배에 불붙이고 있었다

그 시각 베이징에선 그와 일면식도 없는
한 중년 여자가 아파트 부엌에서 가스레인지에 불 켜고
있었고
한 노파가 아파트 소각장에서 쓰레기를 불태우고 있었다

여승의 분신은 중국에 항거하는 행위라는 말을 듣고
죽임을 막아야 하는 여승이 스스로 죽는 광경에
초로의 사내 김낙일 씨는 참담해하다가
육이오전쟁 때 인해전술로 밀고 들어왔던 중공군이
그 이전에 이미 티베트를 침공하여 점령했다는 사실이
그때서야 새삼 떠올라 말없이 중국을 비난했다

업무

외국계 금융회사 남한지사에 근무하는
투자전문가 사무엘 와일더 씨는
북한의 동향을 알아보며 시작하는 업무를 즐긴다

공적으로는
북한 어느 공장에 고위층이 방문했다고 하면
그 공장에서 만드는 물품으로 해서
남한에 올 경제적 득실을 추측하거나
북한 어느 지방에서 병력이 이동했다고 하면
그 지방과 거리를 계산해서
남한에서 느낄 군사적 긴장을 예상한 다음
투자할 것인지 머리를 굴린다

사적으로는
북한 어느 시가지에 비가 내린다고 하면
우산을 가지고 나오지 않아서
가방을 머리 위에 얹고 집으로 뛰어가는 시민이 많을지

건물 출입문 안에 서서 그치기를 기다리는 시민이 많을지
북한 어느 산자락에서 옥수수가 익었다고 하면
끼니때가 다가올 적마다
몰래 따려고 올라가는 주민이 많을지
다 같이 거두어서 나누는 주민이 많을지
잠시 먹먹해지는 머리로 상상해 보다가
이내 공적으로 돌아와서
기후와 작황이 투자에 미칠 영향을 계산한다

투자전문가 사무엘 와일더 씨는
외국계 금융회사 북한지사가 설립되는 날이 오면
경험을 역으로 살릴 수 있도록 기꺼이 지원해 가서
남한의 동향을 알아보며 시작하는 업무도 즐길 것이다

무관심

원어민 교사로 초청받아 온
미국인 빌 밀러 씨는
주말이면 둔치공원에 나와 자전거를 탔다

빌 밀러 씨가 한국에 간다고 했을 때
늙고 병든 이웃 노인이
미 육군 병사로 한국전쟁에 참전했다가
겨우 살아 돌아왔다는 추억담을 늘어놓았으나
귀 기울이지 않았다

빌 밀러 씨가 한국에 와서 지내는 동안
남한과 북한으로 나누어져 있다고
굳이 설명하는 이는 없었다
더 쉽게 더 빨리 영어를 익히는 비법을
아이들에게 가르쳐주기를 바라는 부모는 있었다

그런 공부 방법이란 있을 수 없다고 생각하는

빌 밀러 씨는 돈도 벌고 여행도 하려고 한국에 왔으니
최선을 다해 한 주간 영어수업을 마치고
주말이면 둔치공원에 나와 자전거를 타고서
뛰거나 걷거나 앉아 쉬는 주민들 사이로 달릴 뿐,
그 옆 강변도로로 군용 트럭을 타고
이동하는 미 육군 병사들에겐
눈길 주지 않았다

이코노미 석席

여객기에 나란히 앉아 있는
송명택 씨,
오스틴 케이티 씨,
덩팡저우 씨,
세 사람 다 한국 가는 중이다

송명택 씨는 한국인,
중국 파견 근무 마치고 돌아가는 길이고
오스틴 케이티 씨는 미국인,
회사 업무 차 출장 다니는 길이고
덩팡저우 씨는 중국인,
한국 파견 근무하러 가는 길인데
상하이 공항을 이륙한 이래로
한마디도 하지 않았다
난기류에 여객기가 흔들려도
한국에서 움직여야 할 스케줄을
각자 눈 감고 생각할 뿐이다

여객기에서 내리면

송명택 씨는 사무실로 가 보고를 할 것이고

오스틴 케이티 씨는 호텔로 가 본사로 이메일을 보낼 것이고

덩팡저우 씨는 상사에게 가 인사할 것이다

그리곤, 경제적으로 검토해보니

가장 싸게 제품을 만들 수 있는 국가는

북한밖에 없다는 의견서를 각자 회사에 낼 것이다

지금 세 사람은 서로 모르는 승객일 뿐이지만

인천 공항에 착륙한 이후

비즈니스로 언제 한자리에서 만나

악수할지는 아무도 모른다

행복한 시대에

북한에서 외국으로 노동자를 보내어
돈 벌어 오게 할 거라면
남한으로 보내주면 훨씬 낫겠다고
채수봉 씨는 생각한다
아침마다 남한으로 출근시켰다가
저녁마다 북한으로 퇴근시키면
장기간 가족과 떨어지지 않아도 되니
외롭지 않을 테다

공장이 너무나 작은 탓에
외국인 노동자가 들어오려고 하지 않아서
납품 일자를 맞추지 못해 애가 탈 때면
사장 채수봉 씨는 생각한다
외국인 노동자보다도 임금이 싸고
말을 알아듣는 북한 노동자를
공장에 보내준다면
쌍수를 흔들겠다

특근수당이나 잔업수당을 많이 준다 해도
북한 노동자의 임금 수준이라면 해볼 만하다고
채수봉 씨는 계산한다
돈을 남들보다 더 벌어야 행복한 시대에
남북한 당국의 입장에서도
남한 사용자의 입장에서도
북한 노동자의 입장에서도
절대로 손해 보지 않을 사업인데
다 같이 원하지 않는 게 이해되지 않을 뿐

동년배

일본인 사주가 한국에 세운
회사에 파견된 나까우라 씨는
동년배이나 평사원인 박상훈 씨를
먼저 아는 체하지 않았다
나까우라 씨와 회의도 하고 사담도 나누는
상사들이 들려준 바로는
우리 식으로 말하자면
그의 가문은 상놈 축에 들기에
잘사는 일본인이라는 자부심으로
못사는 한국인을 대한다 했다
남한과 북한으로 나누어진 현실에서
쿠데타로 권력을 잡은 군부가
저항하는 시민을 용공분자로 모니
몰래 데모하러 다니는 직장인들이 있어
박상훈 씨도 그 틈에 끼곤 했는데
그런 일엔 관심 없던 나까우라 씨,
전쟁이 일어나면 돈을 챙겨

즉시 떠날 준비가 되어 있단 소문이 떠돌았다
한국에서 지방도시 가기보다 일본 가기가
더 쉬운 나까우라 씨는 박상훈 씨와 동년배인데도
어쩌다 복도에서 마주치면
박상훈 씨가 고개 숙여 인사해야 마지못해 답례했다
저 아득한 80년대 젊은 한 시절을 이렇게 기억하고 있어도
후일 박상훈 씨가 퇴사한 뒤
회사를 일본으로 옮기고 귀국한 나까우라 씨는
다신 한국에 오지 않았다

같은 동네

한국전쟁에 참전했던 할아버지가
겨우 살아남았다는 화천에 와서
중국 농촌 청년 두젠궈 씨가
농장에 취업했다

두젠궈 씨는 먹고 살기 위해
한국에 돈을 벌러 왔지만
할아버지는 죽을 수도 있는
북조선에 싸우러 갔었다
할아버지의 전장이 있었던 곳에
손자의 직장이 생기리라곤
상상조차 할 수 없었던 당시,
발포를 명령한 자리에 있지 않았으므로
할아버지는 죽을 수 없어 총을 쐈다
휴전 후에 북조선에는 가보지 못했어도
죽기 전에 격전지였던 화천에
한번 가보고 싶다는 편지를

할아버지가 보내왔지만
두젠궈 씨는 아직 여비를 마련하지 못했다

중국 농촌 청년 두젠궈 씨는
할아버지와 맞총질한
한국군 병사의 손자가
농장 주인이 아니기를 바랐다

사막

몽골인 어트겅체첵 씨는
한국에 와서 취입한 공장에서
탈북자 박철환 씨와 함께 근무한다

모래가 초원을 덮어 와서
가족이 말을 기르지 못하고
도시로 나와 곤궁해지는 바람에
한국에 돈 벌러 온 어트겅체첵 씨는
박철환 씨가 그 사막을 통과하여
한국에 영원히 살러 왔으니
자신보다 강한 사람이라고 추켜세운다

육이오전쟁 때 몽골이
북조선에 군마 수천 필을 지원했다는 뉴스를
최근에 들은 어트겅체첵 씨는
할아버지나 증조할아버지가 기른 말이
거기에 섞여 있었을지도 모르겠다 싶어

한국에 공연히 미안하고,
몽골인은 자유롭게 오는 한국에
북조선인은 절대로 오지 못하니
박철환 씨에게 공연히 미안하다

북조선 시골에선 배가 너무 고파
탈출하여 몽골로 갔다가
한국에 영원히 살러 온 박철환 씨와
몽골 도시에선 너무 가난하여
한국에서 돈 벌어 돌아가려는 어트겅체첵 씨는
공장에서 같이 야근한다

휴일의 식사

가내공장이 많은 동네 천변에
여름철 일요일 점심때가 되자,
수종樹種이 다른 그늘 아래
이주노동자들이 삼삼오오 모여 앉아
각자 비닐봉지에 담아가지고 온
요깃거리를 꺼내놓고 떠들기 시작했다

한 주 내내 국적이 다른 노동자들이
가내공장에서 한국말로 더듬거리다가
단 하루 동족끼리 모국어로 왁자지껄하면
그늘도 수종이 같은 그늘끼리 흔들리며
같은 바람소리를 냈다

잡다하게 수다를 떨던 중에
남한과 북한 사이가 안 좋고
경기가 안 좋아서
일감과 일자리가 줄어들 수 있다는 데로

누군가가 화젯거리를 옮기자,

지난날 내전에서 친인척이 다치거나 죽은

가난한 국가에서 온 이주노동자들은

말없이 요깃거리를 씹기만 했다

농장주

저 산 너머 북한이 있다고 했다
캄보디아에는 공산 정권 크메르루즈가 사라졌지만
한국은 공산 정권 북한과 휴전 중이라고 했다

농업 이주노동자 완나로 씨는
휴식 시간에 고랑에 주저앉아
높은 산등성을 바라보면
농장주가 한 말이 떠오른다
공산 정권 북한에 대하여
아는 바가 없는 완나로 씨는
공산 정권 크메르루즈가
캄보디아에서 자행했던 짓을
기껏 생각해볼 뿐이다

도시에서 직장인으로 살던 할아버지 아버지가
강제로 농촌으로 이주당하여 농부가 되는 바람에
태어나서 농사일만 배우고 자란 완나로 씨는

한국에 와서 비닐하우스에서 먹고 자며
돈을 모았다
그 목적은 딱 한 가지,
할아버지 아버지가 여전히 가난한 캄보디아로 돌아가
농장주가 되고 싶어서인데
산등성을 바라볼 때면 궁금해진다
북한에는 한국에 와서 돈 벌어 가져가
농장주가 되고 싶어 하는 젊은 농부가 없을까?

천변 산책로

띠말세나 씨와 배용학 씨가
주민들을 앞실러 천변 산책로를 걷는다

물은 그들보다 속도가 느려도
그들이 걷지 않는 시간에도 흘러가니
지난주 걸음나비가 맞았던 물은
이미 육지를 벗어났을 텐데
그들은 이번 주에도 그 자리를 걷고 있다

앞으로 내달리는 사람들에겐 앞길을 내주고
뒤로 돌아 걷는 사람들에겐 뒷길을 내주는
지구 여기저기를 돈 벌러 다니다가 한국까지 온
네팔인 띠말세나 씨와 탈북자 배용학 씨는
이인 일조로 한곳에만 시선을 두어야 하는
공장 일을 마치고
휴일이면 신분과 직위가 없어도
마음대로 전후좌우를 바라보고

양면을 살필 수 있는 산책을 같이 즐긴다

그들은 천변 산책로에서 걷고 있는 자신들을
아무도 눈여겨보지 않는 걸 다행스러워하고
주민들이 앞질러 가면
다시 앞지를 수 있는 곳까지 뒤따라간다

은근히

베트남에서 시집온 젊은 부인 로안 씨는
한국에 쉽게 입국했다고
스스로 위로했다

옆방에 홀로 사는 중년 여인 박숙희 씨가
북한을 탈출하여 베트남까지 갔다가
한국에 어렵게 입국했다는 걸 알았을 때
로안 씨는 이국인인 자신과
동족인데도 이방인 취급받는 여인이
한 집에 세 들어 산다는 데 안심했다

로안 씨는 너무 가난해서
친정 식구를 돕기 위하여
박숙희 씨는 너무 가난해서
굶어 죽지 않기 위하여
한국에 왔다는 걸 아는 데는
둘 다 여전히 가난에 허덕이고 있었기에

그리 오래 걸리지 않았다

그래도 베트남에선 아사한 주민이 있었다는
뉴스를 들어본 적 없어서
로안 씨는 속으로 모국을 은근히 자랑스러워했다

지폐

고등학생 배철수는 호주머니에
10,000동*짜리 한 장을 넣어 다니다가
귀갓길에 배고프면 꺼내 본다

지폐에 실린 호치민 할아버지는
모두가 고루고루 사는 나라를 만들려고 했기에
널리 존경받는다고 했지만
도리어 빈부의 차이가 더 생겨나자,
가난에서 벗어나고 싶었던 엄마가
아빠한테 시집왔으나
여전히 가난하다고 한다

엄마의 조국 베트남은 남북이 하나가 되었는데도
아빠의 조국 한국은 남북이 나누어져 있는데도
못사는 사람이 있고 잘사는 사람이 있다
배철수는 그 이유에 대해 배웠어도 알 듯 말 듯하고,
그 나라에서 학교 다닌다 해도

지금과 같은 처지일지
잠깐잠깐 의문을 품는다

엄마 따라 외갓집에 갔다가
용돈으로 받은 10,000동짜리 한 장으로
무얼 살 수 있는지는 몰라도
언젠가는 쓸 날이 오지 싶어
배철수는 호주머니에 도로 넣는다

* 베트남 화폐 단위

여행지 아침

여행 갔던 몇몇 나라 낯선 잠자리에서
겨우 잠들었다가 잠 깬 아침이면
나는 눈을 뜨고 싶지 않았다
눈꺼풀에 어룽거리던 햇빛이
나라마다 밝기가 달랐다

일본 오사카에선 햇빛이 어슴푸레하였다
오사카 주민들은 일찍 일 시작하는 것 같았다
일제시대 때 오사카에 와서 막일하고
한국으로 돌아왔다던 할아버지를 떠올리다가
이 시각이면 거리엔 아무도 없을 것 같아
나는 나가보려고 눈을 슬쩍 떴다

미국 시카고에선 햇빛이 화사했다
시카고 주민들은 늦게 일 시작하는 것 같았다
유신 시대 때 시카고에 이민 와서 사업체 일구고
한국을 오가던 친구를 떠올리다가

이 시각이면 누구나 밖에 나올 것 같아
나는 더 누워 있으려고 눈을 질끈 감았다

타이완 타이베이에서는 햇빛이 흐릿하였다
타이베이 주민들은 밤낮으로 일하는 것 같았다
대다수가 중국 본토에서 피난 왔다는 기록을 본 적 있어
육이오전쟁 때 이남으로 내려와서
억척같이 살았다는 이북 피난민들을 떠올리다가
이 시각이면 언제나 출퇴근하는 직장인들이 있을 것 같아
나는 눈을 비비며 일어났다

여행지에서 맞이한 아침에
그 나라 주민들이 눈 뜬 시각과
내가 눈 뜬 시각이 달랐을 것이다

동전

연필통에서 지우개 찾다가
동전을 발견했다
가장자리에 외국어가 돋을새김된 화폐,
겨우 사전을 찾아볼 정도로
나는 알파벳과 가나와 한자를 알지만
도무지 읽을 수 없는 글자였다
아시아 어느 나라의 동전일 것 같았다
가운데에 최소 숫자 1이 돋을새김된 화폐,
동전이 나에게 주어지기까지
얼마나 많은 사람이 만지작거렸을까
야근하고 일당으로 받아 온 젊은 엄마가
아이에게 지우개 사라고 동전을 주었는데
손에 쥐고 뛰어가다가 넘어져 놓쳤을 수가 있고
끼니거리 걱정하며 출근하던 늙은 여인이
동전을 주워 지폐와 합쳐 빵을 샀을 수가 있고
빵집에서 거스름돈으로 받은 귀부인이
관광지에 놀러 다니며 동전을 썼을 수가 있고

오래전 그 나라에 여행했던 내가 기념품을 사고

거스름돈으로 동전을 받아 왔으나

환전되지 않아 연필통에 던져두었을 수가 있다

지금쯤 동전을 잃었던 아이는

공부 제대로 하지 못한 청년이 되어서

한국에 노동자로 와 있을지도 모르겠고,

한국이 너무나 오랫동안 휴전 중인데도 공장들이 잘 돌아가
고

적지敵地에도 공단을 세웠다는 사실을 알고

또 한국처럼 나누어졌다가 합쳐졌거나 독재정권이 물러났
는데도

여전히 가난한 조국과 비교되어 어리둥절해할지도 모르겠
다

아직도 아시아 어느 나라에선 동전 한 닢이 없어서

지우개 사지 못하는 어린 학생이 있겠다 싶어

나는 동전을 다시 연필통에 넣었다

지구 공통의 시간, '탈분단'을 상상하는 '차이'의 시간

차성연(문학평론가)

1. '차이'의 시간, 공통共通의 시간

지구에는 공통의 시간이 흐른다. 날짜변경선을 따라 각국의 시간이 저마다 흘러가지만 각종 분할선을 자유롭게 횡단하는 자본의 영향력에 따라 각국 주민들의 삶은 공통의 시간 속에 놓인다. 초국적 자본의 힘은 노동시장의 규모를 전 지구적으로 확장시키고 국경을 넘어 인구를 이동시킨다. 각국에서 저마다의 시간을 살던 노동자들은 지구의 어느 한 지점에서 접속하여 공통의 시간을 살아간다.

세계 각국에 흩어져 있어도 전 지구적인 자본의 영향력으로

부터 한 치도 자유로울 수 없다는 점에서 각국의 주민은 공통의 시간에 놓여 있다고 말할 수 있다. 일국 단위의 자본주의 하에서, 혹은 냉전 체제 하에서 세계의 시간은 국경에 따라 분할되었다. 국경을 자유롭게 넘을 수 있다는 것은 이제 더 이상, 국가가 이념이나 주의로부터 자유로워졌다는 의미를 지시하지 않는다. 국경을 넘을 수 있는 자유가 아니라 국경을 넘을 수밖에 없도록 하는 보이지 않는 힘이 문제가 되는 시대이다. 보이지 않는 자본의 힘은 국경을 넘은 노동계급 사이의 세분화된 차이를 만들어내며 새로운 배제와 차별의 질서를 편성하고 있다. 쿠웨이트의 노동 현장에서 만나는 각국의 노동자들은 '만국의 노동자'로서 연대하는 것이 아니라 그들 사이의 차이로 인해 분화되고 소외된다. 지구 공통의 자본주의 체제 내에서도 새로운 차이를 생성하며 연대를 지연시키고 있는 것이다. 전 세계적으로 유일한 분단국가의 시인 하종오는, 그러한 자의식을 누구보다도 오래 또 깊이 각인해온 시인 하종오는, 각국의 노동자들 중에서도 남과 북의 노동자들이 섞여 있는 장면을 주시할 수밖에 없다. 남과 북의 노동자는 세계 각국의 노동자들과 함께 공통의 시간을 살아가되 분단에 의해 특수한 '차이'의 시간을 경험하게 된다. 하종오의 『세계의 시간』에는 그러한 장면들이 담겨 있다.

국경을 넘어 전 세계 어디든 갈 수 있는 시대에 몇 시간이면

갈 수 있는 군사분계선을 넘지 못하는 남북의 주민들이 국경 바깥에서 만나는 장면은 참으로 시사적이다. 그들이 국제 노동시장에 나오게 된 배경은 경제적인 것이지만 그곳이 가까운 북한 땅이거나 남한 땅이 아닌 원인은 역사적이고 정치적인 것이며 그로 인해 지구의 한곳에서 만나게 된 그들은 같은 언어를 쓰면서도 서로 소통할 수는 없는 처지에 있다. 시인은 이를 "세계 자본주의에서 남북 주민들은 각국 주민들과는 달리 분단 자본주의를 살아내고" 있다고 말한다(「시인의 말」).

쿠웨이트 공사장 주변에서 지내면서
영어 몇 마디로 뜻이 다 통하는 그들은
한국에서 온 중장비기사 노인철 씨와
식탁에 둘러앉아 식사하다가 묻는다
같은 나라말을 쓰는데도 함께 말하지 않고
이목구비가 닮았는데도 마주치지 않으려하는
저 사람은 같은 나라 사람이 아니냐고

북한에서 온 막일꾼 리성주 씨는
식탁에 둘러앉아 식사하다가도
자신이 지나가면 힐끔거리는 저들 중

한 명이 한국인인 줄은 알아차리지만
인사를 나눌 수 없어 고개 돌리고,
그가 북한인인 줄 아는 노인철 씨는
베트남인 쑤언 씨와 필리핀인 알로로드 씨에게
오빠와 누이가 가 있는 한국이
이렇게 각국 사람들이 외국에 모여 일하는 시절에도
아직 북한과 등 돌리고 있다고 설명하면
무서운 나라로 보일까봐 입 다문다

출신 국가와 근무지와 직종을 생각하지 않고
어디서든 맛있게 음식을 먹는
모든 각자의 한 시간, 점심시간엔
상대방이 대답하지 않는 질문을 또 하진 않는다

— 「세계의 시간」 부분

쿠웨이트 공사장에는 각국의 노동자들이 모여 있다. 그들
은 "영어 몇 마디로 뜻이 다 통하"지만 "같은 나라말"을
쓰는 남과 북의 노동자는 "함께 말하지 않고" "마주치지
않으려" 한다. 시인 하종오가 바라보는 각국 노동계급 사이의
차이, 그중에서도 분단 자본주의를 살아가고 있는 남북 노동
자 사이의 차이는 이런 것이다. 세계 자본주의라는 경제 논리

와 '분단'이라는 정치 역사적 문제는 이처럼 서로 얽혀 남북의 노동자에게 영향을 미치고 있으며 그들 사이의 연대 혹은 소통에까지 관여하고 있다. 이러한 차이를 시인은 "모든 각자의 한 시간"에 담아낸다. 이 시간은 "출신 국가와 근무지와 직종"이 다른 '차이'의 시간과 각국의 노동자가 한곳에 모여 공통의 일상을 살아가는 "세계의 시간"이 만나는 교차점이다. 초국적 자본의 영향력에서 자유로울 수 없는 공통의 시간을 살아가지만 거기에는 저마다의 사연과 차이가 담겨 있으며, 분단 자본주의라는 특수한 시간을 살아가지만 그것 역시 전 지구적인 공통의 시간과 맞물려 있는 구체적 보편의 장면인 것이다.

2000년대에 들어 국내의 이주노동자, 탈북자, 농촌의 이주 여성이 등장하는 디아스포라(diaspora)문학이 다수 생산되었고 하종오 시인 또한 『아시아계 한국인들』과 『제국(諸國 또는 帝國)』 등의 시집을 통해 그러한 현상을 다루어왔지만, 이번 『세계의 시간』에서는 이를 '세계 자본주의'라는 보편성과 '분단 자본주의'라는 특수성의 교직 속에서 바라보는 시적 진전을 보여주고 있다. 하종오 시인은 『세계의 시간』에서 갈수록 차이 나는 남과 북의 시간과, 그들이 만나 공통의 시간을 이루는 장면을 겹치고 또 겹쳐놓는다.

2. 남/북의 특수한 '차이'

한반도의 바깥에서 남과 북의 노동자가 만나는 현장에는 같은 민족이면서 다른 처지에 있는 조선족과 고려인이 있고, 한국에서 일했던 경험이 있는 필리핀과 인도네시아 노농자들이 있다. 또 북한 노동자와 만나 '북조선 말씨'를 익히고 한국으로 일하러 가려는 노동자도 있다. 하종오의 시에서 이들은 저마다 지닌 한국과의 인연을 떠올리며 남과 북의 노동자를 바라본다. 이들의 시선은 현재 남과 북이 놓인 상황을 '우리' 중심의 시선에서 떼어내 객관화시키며 그로 인해 '분단'이라는 상황이 가진 모순을 분명하게 드러낸다.

각국의 노동자에게 같은 말을 쓰는 두 나라가 분단되어 있다는 사실이 선뜻 이해되기는 힘들다. 남한과 북한이 국제 노동시장에서 갖는 지위가 다르기 때문에 더욱 그러할 것이다. 남한은 국제 노동시장에서 인력을 수입하는 나라의 위치에 있고 북한은 인력을 수출하는 나라의 위치에 있다. 수요에 따라 전 지구를 떠도는 이주노동자들은 남한에서 일해 본 경험은 있지만 북한에서 일해 본 경험은 없으며, 한국말이 통하는 또 다른 나라가 있다는 사실이 생소할 뿐만 아니라 그 두 나라의 체제와 경제적 상황이 다르다는 사실도 잘 알지 못한다. 한국에서 일했던 경험으로 한국말을 할 줄 아는 네팔인 그왈라 씨는 카타르에서 만난 북조선 노동자에게 "카타르에서 번 돈을 모아 북조선에 돌아가면 / 얼마나 너른 땅과 큰 집과 많은 가축을 살 수 있는지" 묻는다(「한국말」). 한국에서 기술을 배우고 싶어 하는 "인도 노동자 쑤닐 씨"는 북조선 노동자에게 북조선 말을 배우면서 "기술도 배우고 돈도 벌 수 있는 / 한국에 왜 가지 않느냐"고 묻는다(「대화」). 이처럼 타자의 눈에 선뜻 이해되기 힘든 상황이 바로 '분단'인 것이다. 게다가 전 지구적 자본주의 시대에 어떠한 주의나 이념보다 앞서는 경제 논리로도 넘을 수 없는 벽이 있다는 사실은 그들에게 이해되기 힘든 일일 수밖에 없다. 이것이 남북 노동자가 그들의 질문에 대답할 수 없는 이유이다. 아래의 시와 같이 "돈을 남들보다 더 벌어야 행복한 시대에" 남북한 당국과 남한 사용자와 북한 노동자 모두가 "절대로 손해 보지 않을 사업"도 분단으로 인해 성사되지 못하는 이해하지 못할 상황인 것이다. 군사분계선을 넘어 인력을 이동시켜야 이득인 것이 자본의 논리인데도 그렇게 할 수 없는 '분단'의 아이러니가 드러나는 장면이다.

북한에서 외국으로 노동자를 보내어

돈 벌어 오게 할 거라면

남한으로 보내주면 훨씬 낫겠다고

채수봉 씨는 생각한다
아침마다 남한으로 출근시켰다가
저녁마다 북한으로 퇴근시키면
장기간 가족과 떨어지지 않아도 되니
외롭지 않을 테다

(······)

특근수당이나 잔업수당을 많이 준다 해도
북한 노동자의 임금 수준이라면 해볼 만하다고
채수봉 씨는 계산한다
돈을 남들보다 더 벌어야 행복한 시대에
남북한 당국의 입장에서도
남한 사용자의 입장에서도
북한 노동자의 입장에서도
절대로 손해 보지 않을 사업인데
다 같이 원하지 않는 게 이해되지 않을 뿐

　　　　　　　　　　　　　　　　－「행복한 시대에」 부분

'분단'은 등단 이후 사십여 년 동안 하종오 시인이 지속적으
로 탐구해온 문제이다. 통일을 말하는 것만으로도 급진적이었

던 시대에 통일에 대한 열망을 노래했던 시인은 이제 경제적 논리로도 해로울 것 없는 통일이 왜 아직 현실이 되지 못하는지를 질문한다. 이는 외세의 제국주의적 억압과 비주체적 남한 당국의 태도를 주된 요인으로 꼽았던 분단 인식을 넘어 전 지구적 변화에 대한 다각적인 사유를 통해 분단을 바라보고 있음을 의미하는 것이다. 민족 중심의 사유에서 타자적 시선으로의 이동이라 말할 수 있겠다. 각국 노동자의 시선에서 남북 노동자의 만남을 바라본 시들, 조선족이나 고려인, 탈북자의 시선에서 남과 북의 현실을 드러내는 시들이 『세계의 시간』을 가득 채우고 있는 것은 이 때문이다. 시집의 표제가 '세계의 시간'인 것은 분단이라는 특수한 차이를 세계 공통의 변화 속에서 바라보려는 시선의 이동을 보여준다.

세계 자본주의 체제 내에서 하위 제국적 위치에 놓이게 된 남한과, 세계에서 "가장 싸게 제품을 만들 수 있는 국가"(「이코노미 석釋」)가 되어버린 북한의 차이는 이번 시집에서 더욱 부각되고 있다. 각국의 이주노동자에게 한국은 일하러 가고 싶은 나라로 인식되는 반면 북한은 자신의 모국보다 더 못사는 나라로 인식되고 있다. 『남북상징어사전』과 같은 시집에서 한국에 들어와 있는 이주노동자의 시선을 통해 과거 '피해자'의 입장에 있던 한국이 이제 하위 제국으로서 '가해자'의 위치에 서게 된 역설적인 상황을 문제 삼았던 데 비해, 이번 시집은

123

해외의 노동 현장에서 각국 노동자가 바라보는 남과 북에 대한 상대적인 시선을 더 자주 문제 삼는다. 특히 북한 노동자를 자신들보다 못한 국제적 하위 계급으로 바라보는 시선을 통해, 같은 민족이면서도 너무나 다른 상황에 처해 있는 남과 북의 특수한 차이가 부각되고 있다. 「오해」에서 '예레나 레오노바씨'는 "그를 한국인인 줄로 알고 반기워"했지만 "말투를 듣고 북조선인으로 알아차리고 / 기술자로 쳐주지" 않았으며, "한국으로 돈 벌러 다닐 때의 자신보다 / 훨씬 더 가난하다는 걸" 알기 때문에 그의 품삯을 깎아버린다. 그렇기 때문에 북한 노동자에게 배운 "북조선 말씨"는 "한국인이 세운 어패럴공장에서 근무하는 데" 아무런 도움이 되지 않는다(「말씨」).

이처럼 특수한 차이를 지닌 남과 북의 분단 상황이 이번 시집에서는 남과 북 주민의 입으로 직접 발화되기보다 제3자의 눈을 통해 보이고 있다. 이 시집과 함께 출간되는 『남북주민보고서』에서는 "서울 사는 나와 평양 사는 너"(「동승」)가 직접 등장하는데, 그들이 서로를 바라보는 시선에는 아무래도 지나간 역사가 자아내는 눈물과 회한이 스며있기 마련이다. 그 눈물과 아픔을 감싸며 '탈분단'을 꿈꾸고 상상하는 일련의 시들이 『남북주민보고서』를 채우고 있다면, 『세계의 시간』의 시편은 세계 자본주의 내에 놓인 남과 북의 위치를 객관적으로 탐구하고 제3자의 눈으로 분단의 모순을 드러내는 데 치중하고 있다.

3. 타자의 윤리, 이해와 공감의 언어

때로 남과 북의 차이는 그다지 특별하지 않은 것으로 각국 노동자들에게 이해되곤 한다. "파키스탄에 살던 먼 척들도 이웃들도 / 직업과 직장만 달라도 그러했으므로" "같은 언어를 쓰면서도 / 서로 대화하지 않는 두 사람"이 "생활방식도 고민거리도 다를 수밖에 없다는 걸" 이해하면서 안타까워한다(「두 사람」). 남과 북의 특수한 차이가 어디에나 있는 차이로 이해되고 있는 것이다. 이러한 이해는 개별적 경험을 공통의 경험으로 수렴할 줄 아는 혜안과 타인의 처지를 미루어 짐작하는 윤리적 상상력에서 나온다. "인도 불가촉천민 출신 노동자 듀쉬얀단 씨"가 "북조선 인민 출신 노동자 김철동 씨"를 이해할 수 있었던 건 타인의 처지가 자신의 그것과 다르지 않을 거라 상상했기 때문이다. "인도도 북조선도 법적으로만 / 평등하다는 걸 알고 있었으므로" 그들은 "겨우 영어 낱말 몇 개로 소통하면서"도 서로 공감하고 이해한다(「후회」).

각국의 노동자가 남과 북의 주민을 이야기할 때 사용되는 '알고 있다'라는 서술어는 공감의 언어이다. 말하지 않아도 알 수 있는 것들, 자신들의 경험에 비추어 충분히 짐작할 수 있는 일들을 그들은 '알고 있다'고 이야기한다. 그들이 '알고 있는' 일들은 "수밋 다스 씨는 방글라데시로 돌아간다고 해서 / 강을 거느릴 수 있는 집을, / 황하기 씨는 북조선에 돌아간다고 해서 / 산을 거느릴 수 있는 집을 / 평생 지을 처지가 못 된다는 걸 알고 있었다"는(「신기루」) 계급적 인식이기도 하고, "생각이 달라서든 배가 고파서든 / 하나뿐인 목숨 부지하기 위해서라면 / 조국에서 도망칠 수 있다"는(「배신자」) 생존 욕구에 대한 이해이기도 하다. "누구의 생애도 불행하게 하지 않았다고 / 평생 자부해온 윌리엄 톰프슨 씨"가 탈북자의 증언을 들으며 "비로소 북한사람들의 생애와 / 자신이 무관하지 않다는" 것을 알게 되는 것처럼(「또 하나의 기적」), 이들의 이해는 역사적인 연루에 의해서든 계급적 이해관계에 의해서든 모두가 연관되어 있다는 '공통'에 대한 인식과 그 안에서 '나'와 '너'의 처지가 다르지 않다는 연대감에서 나오는 것이다.

해질녘 산책 가는 세네갈 주민들 중에서
늙은 하비부 디우프 씨는 기념탑을 공사하는
북조선 노동자들을 쳐다보고 서 있었다
기념품을 만들어 관광객들에게 팔면서
겨우 먹고 사는 늙은 하비부 디우프 씨는

북조선 노동자들에 관해 잘 알지 못했다

세네갈 정부가 북조선 정부와 특별한 이해관계가 있는지
북조선 노동자들이 임금이 낮고 기술력이 좋기 때문인지
헤아릴 길 없는 늙은 하비부 디우프 씨는
자신도 솜씨 뛰어나고 품값 싼데
자신보다 센스 있는 세네갈 주민들이
기념탑을 보면 즐겁진 않을 거라고 속짐작했다

늙은 하비부 디우프 씨가 가본 적 없는
북조선에서는 아침저녁 가족들이 식사하면서
가장들이 해외에서 돈 벌어 무사히 돌아오기를 빌 것이다
젊은 날 부모 형제의 끼니를 장만하기 위해
이웃 나라에 가서 돈벌이한 적 있는 늙은 하비부 디우프
씨는
그때 이웃 나라 주민들이 자신에게서 느꼈을 감정을 상상하
다가
기념탑의 상부를 더 높이는 북조선 노동자들을 향해 싱긋
웃고 난 뒤,
잠자코 산책 가는 세네갈 주민들 사이로 내처 걸어갔다
　　　　　　　　　　　　　　　　　　　－「기념탑」 전문

이 시에서 "늙은 하비부 디우프 씨"의 북조선 노동자들에
대한 이해는 "잘 알지 못했다"에서 "속짐작했다"로, "감정을
상상하다가" "싱긋 웃고"로 바뀌고 있다. 세네갈 원주민들의
일자리를 대신하고 있는 사정을 "속짐작"하면서도 북조선
노동자들을 향해 이해의 미소를 지을 수 있게 된 데에는 "젊은
날 부모 형제의 끼니를 장만하기 위해 / 이웃 나라에 가서
돈벌이한" 경험과 타자의 자리에 스스로를 위치지어보는 상상
의 힘이 작용하고 있다. 국적은 다르지만 이주노동자로서의
공통의 경험이 있어 타자의 처지를 미루어 짐작하고 상상할
수 있는 것이다. 이와 같은 윤리적 상상력과 '공통'에 대한
인식을 기반으로 타자 간의 소통과 연대가 가능해진다.

타자 이해의 토대가 되는 공통의 경험으로 자주 거론되는
것이 전쟁의 기억이다. 육이오전쟁은 각국 노동자들이 남과
북에 대해 가진 최초의 기억인 경우가 많다. 전쟁에 참전했던
기억은 전쟁 이후 남과 북이 이토록 큰 차이를 지니게 된
시간들을 되돌아보게 하며 타자로서의 남북한 노동자들에
대해 연민의 시선을 갖도록 한다.

　　팔순 넘은 촌로 쑨부어씬 씨는
　　처녀를 흐린 눈으로 바라보았다

처녀와 비슷한 나이 적에

쑨부어씬 씨는 중국군 병사로

한국전쟁에 갔다가 겨우 목숨 건졌는데

그때 싸운 보람이 무엇인지

반백 년 사이에 북조선은 어쩌다가

주민들이 도망치는 나라가 되었는지

땟거리를 거둬 먹고 먹이는 농사꾼으로 다 산 지금,

도무지 이해할 수 없었다

전장에서 스쳐 가다가

물 한 모금 나누어 마셨을 법한

북조선군 병사의 손녀가

자신을 찾아온 것 같아서

슬픈 쑨부어씬 씨는

죽을 나이가 된 그 북조선군 병사가

아들 며느리 굶어 죽자

자신에게 보살펴달라고 보냈을 것 같은

슬픈 느낌이 들기도 했다

팔순이 넘은 촌로 쑨부어씬 씨는

처녀가 낯설지 않았다

—「슬픈 느낌」 전문

"촌로 쑨부어씬 씨"는 전쟁에 참전했던 기억으로 인해 탈북자 "처녀가 낯설지 않았다". "반백 년 사이에 북조선은 어쩌다가 / 주민들이 도망치는 나라가 되었는지"는 이해할 수 없지만 스쳐 간 작은 인연까지 소중히 여기며 타자에게 연민을 느끼는 촌부의 '슬픈 느낌'을 타자의 윤리라 말해도 지나치지 않을 것이다.

물론 『세계의 시간』에 등장하는 각국 주민들이 모두 이러한 타자의 윤리를 보이는 것은 아니다. 세계의 시스템은 경제 논리를 최우선으로 하여 작동하고 있기에 계급적 이해관계에 따라 "한족 노동자"이든 "조선족 노동자"이든 "북조선 노동자"이든 임금이 더 싼 인력을 고용하고(「동족」), "방글라데시보다 더 가난한 북조선 노동자들이 / 중동으로 가는 바람에 / 많은 수수료를 챙기는 / 인력송출회사 사장 압둘 라티프 씨는 / 그저 즐거울 따름"이지만(「수수료」) 세계 자본주의의 주변부 국가에서 태어나 하위 계급으로 살아온 타자적 존재들은 그들 공통의 경험을 토대로 서로를 이해하고 공통의 상처와 아픔에 공감한다. 남북한 주민들의 자유로운 소통과 연대 또한 이러한 타자의 윤리를 통해 가능할 것이다.

4. 아직도 써야 할 문장이 많기에

1975년 등단한 이후 하종오 시인이 계속해서 '분단'을 이야기하는 이유는 무엇일까. 2004년 상재한 『반대편 천국』 이후 '이주'의 문제에 관심을 두며 전 세계 어느 지역도 초국적 자본의 힘으로부터 자유로울 수 없이 서로 연관되어 있다는 전 지구적 시스템에 대한 인식으로 나아갔지만 분단의 문제는 그 안에서도 여전히 특수한 형태로 '분단 자본주의'를 형성하고 있기 때문일 터이다. 게다가 시인에게는 언제나 "웃음기보다는 울음기가 더 많이 들어"있는 타자의 "말소리"가 들려온다(「저항시의 시효가 끝나고, 서정시의 시효가 끝나고」, 『남북상징어사전』). 세계에서 가장 싼 임금을 받으며 생활하는 북한 노동자의 울음, 굶어 죽지 않기 위해 조국을 떠날 수밖에 없었던 탈북자의 사연이 들려오는 한, 시인은 계속 시를 쓰며 '분단'을 이야기할 것이다.

하종오 시인은 스스로의 역할을 '대필가와 기록자'라 말한다. 남북의 주민들이 "시시콜콜" 들려주는 사연들을 "기꺼이 받아 적은 후 / 문장을 만들고 다듬어놓겠다"는 그는 "우연히 그 원고를 읽는 주민들 모두 / 저마다 자기 이야기라고 목소리를

높이면 좋겠다"고 말한다(「대필가와 기록자」, 『남북주민보고
서』). 저마다의 '자기 이야기'를 받아 적는 대필가, 혹은 기록자
로서의 소명의식이 시인으로 하여금 계속 시를 쓰게 하는
것일 터, 이는 하종오의 시에 압둘라 씨와 리성주 씨와 샤자드
씨와 마우두디 씨와 최해진 씨와 듀쉬얀단 씨가 일일이 호명되
는 이유이기도 하다. 이름 있는 자들에게 가려진 이름 없는
타자의 비슷비슷한 사연들에 개별자로서의 특이성을 부여하
고 문장으로 받아 적는 것. 이것이 시인 하종오가 하는 일이다.
『세계의 시간』은 그러한 개별 사연들의 집합체로서 저마다의
차이를 겹쳐 세계 공통의 삶을 담아내고 있다. 그리고 저마다의
차이를 넘어 연대하고 소통할 수 있는 이해와 공감의 언어를
보여주고 있다. 남과 북의 차이 또한 남북 주민들이 자유롭게
오가며 서로 공감하고 소통하면서 극복될 수 있을 터이다.
『남북주민보고서』에 펼쳐진 아름다운 상상도^{想像圖}는 그 가능
성에 대한 상상이자 열망이었다.

"아직도 써야 할 문장이 많기에"(「예를 들어서, 파블로 네루
다 씨」) 시인은 앞으로도 뚜야왓 씨와 위랏찬트 씨와 완나흐
씨와 리성찬 씨와 고광필 씨의 사연들을 시로 쓸 것이다. 이러한
시작^{詩作}은 세계 자본주의 체제 내에서 이름 없는 타자로 살아가
는 주변국 하위 주체에게 목소리를 부여하는 작업으로서의
의미를 지님과 동시에 지금 여기의 특수한 상황인 분단에

132

대한 지속적이고도 고독한 발화라는 점에서 소중한 시사적 의미를 지닌다.

세계의 시간

초판 1쇄 발행 2013년 2월 24일

지은이 하종오
펴낸이 조기조
펴낸곳 도서출판 b
편 집 김장미 백은주 홍승진 황윤호
표 지 테크네
인 쇄 주)상지사P&B

등록 2003년 2월 24일 제12-348호
주소 151-899 서울시 관악구 미성동 1567-1 남진빌딩 401호
전화 02-6293-7070(대) **팩시밀리** 02-6293-8080
홈페이지 b-book.co.kr **이메일** bbooks@naver.com

ISBN 978-89-91706-73-6   03810

정가_8,000원